¡Estos
zapatos son
increíbles!

SÚPER
HERMANO

¡Es una
estrella!

FA*BU
LO*SO

¡Es lo
MÁXIMO!

Mi
compañero

A mi
hermano
Michael
¡que no es
un genio!
(¡es genial!)

GENIAL

Primera edición en inglés, 2007
Primera edición en español, 2007
Primera reimpresión, 2010

Browne, Anthony
    Mi hermano / Anthony Browne; trad. de Laura
Emilia Pacheco. — México: FCE, 2007
    [28] p.: ilus.; 27 x 22 cm — (Colec. Los Especiales
de A la Orilla del Viento)
    Título original My Brother
    ISBN 978-968-16-8479-2

    1. Literatura Infantil I. Pacheco, Laura Emilia, tr.
II. Ser. III. t.

LC PZ7   Dewey 808.068 B262 m

Distribución mundial

Copyright © 2007, Anthony Browne
Doubleday, filial de Random House Children´s Books
61-63 Uxbridge Road, Londres W5 5SA
Título original: *My Brother*

D. R. © 2007, Fondo de Cultura Económica
Carretera Picacho Ajusco 227, Bosques
del Pedregal, C. P. 14738, México, D. F.
www.fondodeculturaeconomica.com
Empresa certificada ISO 9001: 2000

Coordinación editorial: Miriam Martínez y Carlos Tejada
Diseño: Gil Martínez
Traducción: Laura Emilia Pacheco

Comentarios y sugerencias:
librosparaninos@fondodeculturaeconomica.com
Tel. (55)5449-1871. Fax. (55)5449-1873

ISBN 978-968-16-8479-2

Impreso en Singapur • *Printed in Singapore*

El tiraje fue de 3500 ejemplares

Mi agradecimiento
a los alumnos de
Iona Scott, del
Colegio Británico,
en los Países Bajos,
por inspirar este libro.

Anthony Browne
MI HERMANO

Traducción de Laura Emilia Pacheco

LOS ESPECIALES DE
A la orilla del viento
FONDO DE CULTURA ECONÓMICA
MÉXICO

Mi hermano es
de veras
SENSACIONAL.

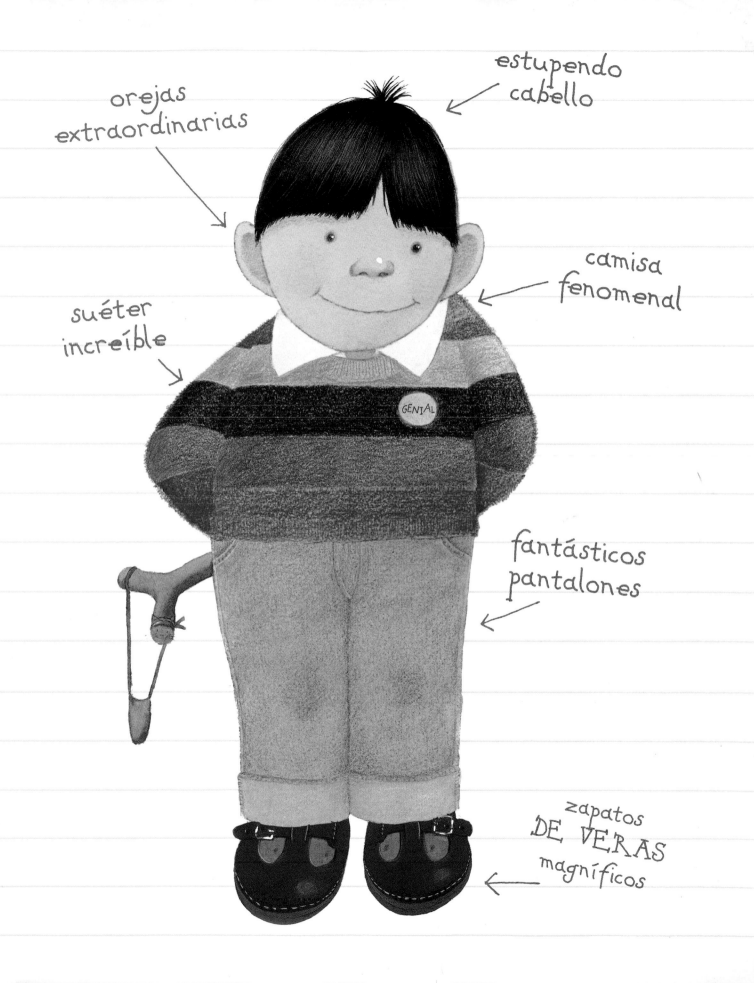

Puede saltar MUY ALTO,

un gran salto

Mi hermano es un GRAN patinador

calzoncillos grandiosos

y tiene unos músculos ENORMES.

Puede correr tan RÁPIDO que...

¡parece que VUELA!

Sí, mi hermano es
de veras SENSACIONAL.

un sillón especial →

Mi hermano ha leído
CIENTOS de libros

un caballero insuperable

un gigante fabuloso

un soldado magnífico

y escribe cuentos GENIALES.

y puede hacer bombas FANTÁSTICAS.
Mi hermano es de veras MAGNÍFICO.

un micrófono
súper potente

un corte de
pelo atrevido

Mi hermano es un ALOCADO roquero

camisa
extraordinaria

traje impecable

GENIAL

medallón
genial

y un bailarín DESLUMBRANTE.

dientes de fábula

un peinado con estilo

una capa sensacional

A veces puede dar MUCHO MIEDO,

¡y también puede SILBAR!
Mi hermano es TAN brillante.

Mi hermano ENCARA a los bravucones

y DOMA
a los monstruos.

orejas
extraordinarias

unos lentes
oscuros increíbles

estupendos
bigotes

GENIAL

una cola
espléndida

unos zapatos
DE VERAS
fantásticos

De veras, mi hermano es
TODO UN TIGRE.

Y adivina qué...

¡YO TAMBIÉN SOY GENIAL!

orejas increíbles

espléndido cabello

suéter extraordinario

camisa impecable

fantásticos pantalones

maravillosos zapatos

GENIAL

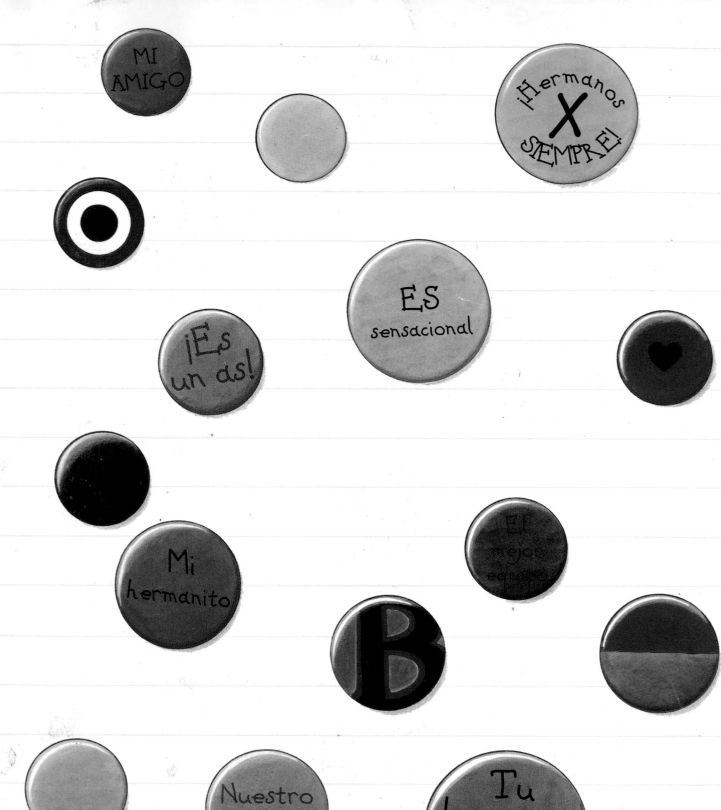